# Im Nachbarhause links

Theodor Storm

»Wenn du es hören willst«, sagte mein Freund und streifte mit dem kleinen Finger die Asche von seiner Zigarre. »Aber die Heldin meiner Geschichte ist nicht gar zu anziehend; auch ist es eigentlich keine Geschichte, sondern nur etwa der Schluß einer solchen.«

»Danke es«, versetzte ich, »unserer heurigen Novellistik, daß mir das letzte jedenfalls besonders angenehm erscheint.«

»So? Nun also!

Es sind jetzt dreißig Jahre, daß ich als Stadtsekretär in diese treffliche See- und Handelsstadt kam, in welcher die Groß- und Urgroßväter meiner Mutter einst als einflußreiche Handelsherren gelebt hatten. Das derzeit von mir gemietete Wohnhaus stand zwischen zwei sehr ungleichen Nachbarn: an der Südseite ein sauber gehaltenes Haus voll lustiger Kinderstimmen, mit hellpolierten Scheiben und blühenden Blumen dahinter; nach Norden ein hohes düsteres Gebäude; zwar auch mit großen Fenstern, aber die Scheiben derselben waren klein, zum Teil erblindet und nichts dahinter sichtbar, als hie und da ein graues Spinngewebe. Der einstige Ölanstrich an der Mauer und der mächtigen Haustür war gänzlich abgeblättert, die Klinke und der Messingklopfer mit dem Löwenkopf von Grünspan überzogen. Das Haus stand am hellen Tage und mitten in der belebten Straße wie in Todesschweigen; nur nachts, sagten die Leute, wenn es anderswo still geworden, dann werde es drinnen unruhig.

Wie ich von meinem Steinhofe aus übersehen konnte, erstreckte sich dasselbe noch mit einem langen Flügel nach hinten zu. Auch hier war in dem oberen Stockwerke, das ich der hohen Zwischenmauer wegen allein gewahren konnte, eine stattliche Fensterreihe, vermutlich einem einstigen Festsaal angehörig; ja, als einmal die Sonne auf die trüben Scheiben fiel, ließen sich deutlich die schweren Falten seidener Vorhänge dahinter erkennen.

Nur eine einzige Menschenseele so sagte man mir , die uralte Witwe des längst verstorbenen Kaufherrn Sievert Jansen, hause in diesen weitläuftigen Räumen; wenigstens glaube man, daß sie noch darin lebendig sei; gesehen wollte sie keiner von denen haben, welche ich zu befragen Gelegenheit hatte. Aber ich möchte nur aufpassen, ob nicht frühmorgens, bevor die andern Häuser aufgeschlossen würden, eine alte Brotfrau dort an die Haustür komme. Dann werde diese, nachdem die Frau ein dutzendmal mit dem Löwenklopfer aufgeschlagen, eine

Spalte weit geöffnet, und eine dürre Hand lange daraus hervor und nehme sich ein paar trockene Semmeln aus dem Korbe.

Ich habe diese Beobachtungen nicht angestellt. Doch ging bald darauf bei einer amtlichen Durchsicht der Depositen ein von meiner unsichtbaren Nachbarin bei dem Stadtgerichte niedergelegtes wohlversiegeltes Testament durch meine Hände. Sie lebte also und hatte ohne Zweifel auch noch ihre Beziehungen in das Leben; nur im Munde des Volkes war sie fast zur Sage geworden.

Als ich und meine Frau, der hier noch bestehenden guten Sitte folgend, der Kaufmannsfamilie in dem freundlichen Hause rechts unseren Nachbarbesuch abstatteten, wurden wir von den heiteren Leuten fast ausgelacht, daß wir es wagen wollten, auch zur Linken an die Nachbarstür zu klopfen.

»Sie kommen nicht hinein!« sagte der Hausherr; »ich glaube, es ist seit Jahren niemand hineingekommen, denn, Gott weiß, wie sie es macht, aber die alte Dame wirtschaftet ganz allein. Wenn es Ihnen aber auch gelänge, den Eingang zu erzwingen, so würden Sie mit Ihrer Aufmerksamkeit nur den Verdacht erwecken, Sie hätten es auf die nachbarliche Erbschaft abgesehen!«

»Aber ihr Testament«, bemerkte ich, »liegt ja seit Jahren schon im Stadtgerichte; und überdies wie mir erzählt wurde ein Viertel an die Stadt, drei Viertel an eine milde Stiftung; das lautet doch nicht eben menschenfeindlich.«

Mein Nachbar nickte. »Freilich! Aber zum ersten war sie durch das Testament ihres Seligen gezwungen; das andere eine schöne Stiftung, dieses Land-und Seespital!«

Ich fragte näher nach.

»Sie werden«, fuhr der Nachbar fort, »es bei der Kürze Ihres hiesigen Aufenthalts noch kaum gesehen haben: es ist eine reichdotierte Versorgungsanstalt für ausgebrauchte Seeleute und Soldaten, das heißt für die unterste Klasse derselben. Die Stiftung rührt von einem reichen kinderlosen Geschwisterpaare her, einem alten Major und einer Seekapitänswitwe. Unter den Linden vor dem schönen Hause, draußen auf einem Hügel vor dem Nordertore, das sie in den letzten Jahren gemeinschaftlich bewohnten, sieht man jetzt reihenweis die alten Burschen mit ihren blauroten Nasen vor der Tür sitzen; die einen in alten roten oder blauen Soldatenröcken, die andern in schlotterigen Seemannsjacken, alle aber mit einem Pfeifenstummel im Munde und einem Schrotdöschen in der Westentasche. Bleibt man ein Weilchen auf dem Wege stehen, so sieht man sicher bald den einen, bald den anderen ein grünes oder blaues Fläschchen aus der Seitentasche holen und mit wahrhaft weltverachtendem Behagen an die Lippen setzen. Die Fläschchen, über deren Inhalt kein gerechter Zweifel sein kann, nennen sie ihre ›Flötenvögel‹; und für diese Vögel, welche getreu dem Willen der Stifter nur zu oft gefüllt werden, sind jene drei Viertel des ungeheueren Vermögens bestimmt worden.«

»Und welches Interesse«, fragte ich, »kann die Testatrix an diesen alten Branntweinsnasen haben?«

»Interesse? Ich denke, keins, als daß das Geld aus einem Rumpelkasten in den andern kommt.«

»Hm! Die Alte muß doch eine merkwürdige Frau sein; ich denke, wir versuchen dennoch unsere Visite!«

Man wünschte uns lachend Glück auf den Weg.

Aber wir kamen nicht hinein. Zwar öffnete sich die Haustür; aber nur eine Handbreit, so stieß sie auf eine von innen vorgelegte Kette. Ich schlug den Messingklopfer an und hörte, wie es drinnen widerhallte und in der Tiefe wie in leeren Räumen sich zu verlieren schien; dann aber folgte eine Totenstille. Als ich noch einmal hämmern wollte, zupfte meine Frau mich am Ärmel: »Du, die Leute lachen uns aus!« Und wirklich, die Vorübergehenden schienen uns mit einer gewissen Schadenfreude zu betrachten.

So ließen wir es denn an unserer guten Absicht genug sein und kehrten in unser eigenes Heim zurück.


Gleichwohl sollte sich bald darauf eine gewisse Beziehung zwischen mir und der Nachbarin links ergeben.

Es war im Nachsommer, als ich und meine Frau in den Garten gingen, um uns das Vergnügen einer kleinen Obsternte zu verschaffen. Der Augustapfelbaum, an den ich schon vorher eine Leiter hatte ansetzen lassen, befand sich dicht an der hohen Mauer, welche unseren Garten von dem des Jansenschen Hauses trennte. Meine Frau stand mit einem Korbe in der Hand und blickte behaglich in das Gezweige über ihr, wo die roten Äpfel aus den Blättern lugten; ich selbst begann eben die Leiter hinaufzusteigen, als ich von der anderen Seite einen scharfen Steinwurf gegen die Mauer hörte, und gleich darauf unser dreifarbiger Kater mit einem Angstsatz von drüben zu uns herabsprang.

Neugierig über dieses Lebenszeichen aus dem Nachbargarten, von wo man sonst nur bei bewegter Luft die Blätter rauschen hörte, lief ich rasch die Leiter hinauf, bis ich hoch genug war, um in denselben hinabzusehen.

Mir ist niemals so ellenlanges Unkraut vorgekommen! Von Blumen oder Gemüsebeeten, überhaupt von irgendeiner Gartenanlage war dort keine Spur zu sehen; alles schien sich selbst gesäet zu haben; hoher Gartenmohn und in Saat geschossene Möhren wucherten durcheinander: in geilster Üppigkeit sproßte überall der Hundsschierling mit seinem dunkeln Kraute. Aus diesem Wirrsal aber erhoben sich einzelne schwer mit Früchten beladene Obstbäume, und unter einem derselben stand eine fast winzige zusammengekrümmte Frauengestalt. Ihr schwarzes verschossenes Kleid war von einem Stoffe, den man damals Bombassin nannte; auf dem Kopfe trug sie einen italienischen Strohhut mit einer weißen Straußenfeder. Sie stand knietief in dem hohen Unkraut, und jetzt tauchte sie gänzlich in dasselbe unter, kam aber gleich darauf mit einem langen Obstpflücker wieder daraus zum Vorschein, den sie vermutlich bei dem Angriff auf meinen armen Kater von sich geworfen hatte. Obgleich sie das Ding nur mühsam zu regieren schien, stocherte sie doch emsig damit zwischen den Zweigen umher und brachte auch rasch genug eine Birne nach der anderen herunter, die sie dann scheinbar in das Unkraut, in Wirklichkeit aber wohl in ein darin verborgenes Gefäß mit einer gewissen feierlichen Sorgfalt niederlegte.

Ich beobachtete das alles mit großer Aufmerksamkeit und fühlte erst jetzt, daß meine Frau in ihrer weiblichen Ungeduld mich in höchst gefährlicher Weise von der Leiter zu schütteln suchte; aber ich blieb standhaft und umklammerte schweigend einen derben Ast, denn in demselben Augenblick war der Alten drüben eine Birne aus ihrem Obstpflücker gefallen, und als sie sich wandte, um sie aufzuheben, war sie mich gewahr geworden. Sie war sichtlich erschrocken und blieb ganz unbeweglich stehen; aus dem verfallenen Antlitz einer Greisin starrten unter dem großen Strohhute mich ein Paar schwarze Augen so grellen Blickes an, daß ich fast gezwungen war, eine unverkennbar scharfe Musterung über mich ergehen zu lassen. Aber auch ich betrachtete mir indessen das Gesicht der alten Dame, das zu beiden Seiten der ziemlich feingeformten Nase mit einigen Rollen falscher Locken eingerahmt war, wie sie vordem auch wohl von jüngeren Frauen getragen wurden. Als ich dann fast verlegen meinen Hut vom Kopfe zog, erwiderte sie dies Kompliment durch einen feierlichen Knicks im strengsten Stile, wobei sie ihren Obstbrecher wie eine Partisane in der Hand hielt.

Aber meine Frau begann wieder zu schütteln, und nun stieg ich als guter Ehemann zur Erde nieder.

Natürlich hatte ich Rechenschaft zu geben. »Wo sind die Äpfel, Mann?«

»Wo sie immer waren, droben im Baume.«

»Aber, was hast du denn getrieben?«

»Ich habe der Madame Sievert Jansen unsere Nachbarvisite abgestattet.« Und nun erzählte ich.

Am anderen Morgen in der Frühe brachte eine alte Frau, voraussetzlich die bewußte Brotfrau, uns einen Korb voll Birnen und eine Empfehlung von Madame Jansen, der Herr Stadtsekretär möge doch einmal ihre Moule-Bouches probieren; sie hätten immer für besonders schön gegolten.

Wir waren sehr erstaunt; aber die Birnen waren köstlich, und ich konnte es nicht unterlassen, meinem Nachbar zur Rechten diese kleinen Vorfälle mitzuteilen, als wir uns bald danach vor unseren Häusern begegneten.

»Das bedeutet den Tod der Alten«, sagte er, »oder aber« und er betrachtete mich fast bedenklich von oben bis unten »Sie müssen einen ganz besonderen Zauber an sich haben!«

»Der, leider, von jüngeren Augen bisher noch nicht entdeckt wurde«, erwiderte ich.

Und wir schüttelten uns lachend die Hände.


Im Garten fiel schon das Laub von den Bäumen, und noch immer hatte ich einen Besuch nicht ausgeführt, den ich mir eigentlich als den allerersten vorgenommen hatte.

Er galt freilich nur einer Erinnerung.

Aus dem Flur meines elterlichen Hauses führten ein paar Stufen zu einem nach dem Garten liegenden Zimmer, dessen Fenster ich mir noch heute nicht ohne Sonnenschein und blühende Topfgewächse zu denken vermag. Der Pfleger derselben war ein schöner milder Greis, der Vater meiner Mutter, welcher hier nach einem einst bewegten Leben die stillen Tage seines Alters auslebte. Wie oft habe ich als Knabe neben seinem Lehnstuhl gesessen, wie oft ihn gebeten, mir aus seinem Leben in fernen Ländern zu erzählen! Aber es dauerte immer nicht lange, so waren wir in seiner Vaterstadt, auf den Spielplätzen seiner Jugend. Das urgroßelterliche Haus mit allen Treppen und Winkeln kannte ich bald so genau, daß ich eines Tages die sämtlichen drei Stockwerke ohne alle Nachhülfe zu Papier gebracht hatte. Da leuchteten die Augen des alten Herrn. »Wenn du einmal dahin gelangen solltest«, sagte er und legte die Hand auf meinen Kopf, »geh nicht daran vorüber!«

Plötzlich war er aufgestanden und hatte die Klappe seines an Erinnerungsschätzen reichen Mahagonischrankes aufgeschlossen. »Sieh dir doch die einmal an!« Mit diesen Worten legte er ein Miniaturbild in silberner Fassung vor mir hin. »Das war mein Spielkamerad, sie wohnte Haus an Haus mit uns. Auf ihrer Außendiele hing ein Ungeheuer, ein ausgestopfter Hai; da sah man gleich, daß ihr Vater Kapitän auf dem großen Ozean war.«

Ich hatte nichts geantwortet, aber meine Knabenaugen glühten; es war ein Mädchenkopf von bestrickendem Liebreiz.

»Gefällt sie dir?« fragte der Großvater. »Aber hier ist sie als Braut gemalt; in deinen Jahren hättest du den kleinen wilden Schwarzkopf sehen sollen!«

Und nun erzählte er mir von diesem hübschen Spielgesellen. Allerlei Zeitvertreib, Schmuck und farbige Gewänder hatte der selten daheim weilende Vater dem einzigen Töchterlein von seinen Reisen mitgebracht; von ausländischen goldenen Münzen und Schaustücken hatte sie eine ganze Sparbüchse voll gehabt. In ihrem Garten war ein seltsames Lusthäuschen gewesen, das der Vater einmal aus den Trümmern eines früheren Schiffes hatte bauen lassen. »Dort«, sagte der Großvater, »auf den Treppenstufen saßen wir oft zusammen, und ich durfte dann mit ihr den goldenen Schatz besehen, den sie aus der Blechbüchse in ihren Schoß geschüttet hatte.«

Er ging, während er so erzählte, langsam auf und ab; an seinem Lächeln konnte ich sehen, wie eine Erinnerung nach der andern in ihm aufstieg. »Min swartes Mäusje!« sagte er. »Ja, so pflegte der alte Seebär das verzogene Kind zu nennen; aber wenn sie so im goldgestickten griechischen Jäckchen, mit allerlei Federschmuck ausstaffiert, in ihrem Gärtchen umherstolzierte, dann hätte man sie wohl noch mehr einem bunten fremdländischen Vogel vergleichen mögen. Oh, und auch fliegen konnte sie! Über der Tür des Lusthauses war die frühere Galion des Schiffes angebracht, eine schöne hölzerne Fortuna, die mit vorgestrecktem Leibe aus dem Frontespice hervorragte. Dort oben auf deren Rücken war der Lieblingsplatz des Kindes; dort lag sie stundenlang, ein buntes chinesisches Schirmchen über sich, oder im Sonnenschein mit ihren goldenen Münzen Fangball spielend.«

Noch vielerlei erzählte mir der Großvater, aber nur jenes eine Mal; auch das verführerische Bildchen zeigte er mir niemals wieder. Obgleich meine Augen oft begehrlich an dem Schranke hingen, so wagte ich doch nicht, ihn darum anzugehen; denn als er es mir damals endlich wieder aus der Hand genommen hatte, war der alte Herr so seltsam feierlich gewesen und hatte es in so viele Seidenpapierchen eingewickelt, daß das Ganze einer symbolischen Beisetzung nicht ungleich war.

Wie es nun geschieht, seit Monden war ich jetzt hier in der Geburtsstadt meines Großvaters, und doch, erst heute ging ich zu diesem Besuche der Vergangenheit in den schon winterlichen Tag hinaus.

Absichtlich hatte ich jede Erkundigung unterlassen; wenn auch der Name der Straße mir nicht mehr erinnerlich war, ich hoffte mich schon allein zurechtzufinden. So hatte ich schon verschiedene Stadtteile kreuz und quer durchwandert, als mir plötzlich durch eine offene Haustür die schwebende Ungestalt eines Haies in die Augen fiel. Ich stutzte; aber weshalb sollte denn der ausgestopfte Hai nicht noch am Leben sein? Das Haus sah völlig danach aus, als sei es mit allen seinen Raritäten von einem Besitzer auf den anderen fortgeerbt. Und richtig! Als ich in die Höhe blickte, da drehte sich auch ein Schiffchen auf der Wetterstange des Daches! Das war das Haus des schönen Nachbarkindes; das urgroßelterliche mußte nun dicht daneben sein! Aber es war überhaupt kein Haus mehr da; nur ein leerer Platz mit Mauerresten und gähnenden Kellerhöhlen; auch frisch behauene Granitblöcke zum Fundament eines Neubaues lagen rings umher.

Ich sah es wohl, ich war zu spät gekommen. Sinnend schritt ich über die wüste Stätte, die einst für Menschen meines Blutes eine kleine Welt getragen hatte. Ich ging in den dahinterliegenden Steinhof und blickte in den Brunnen, mit dessen Eimer der Großvater einmal, wie er mir erzählt hatte, in die Tiefe hinabgeschnurrt war; dann trat ich auf einen Haufen Steine, von wo aus ich über eine Grenzplanke in den Nachbargarten sehen konnte. Und dort kaum wollte ich meinen Augen trauen stand, unverkennbar, noch das seltsame Lusthäuschen, und auch die hölzerne Fortuna streckte sich noch gar stattlich in die Luft; ja die Wangen waren noch ganz ziegelrot, und lichtblaue Perlenschnüre zogen sich durch die gelben Haare; sie war augenscheinlich erst neulich wieder aufgemuntert.

Wie lebendig trat mir jetzt alles vor die Seele! Jener Efeu, der die Mauer des Gartenhäuschens überzog, war schon damals dort gewesen; an seinen Trieben war der kleine wilde Schwarzkopf auf und abgeklettert; drüben von dem Rücken der Fortuna herab war ihr neckendes Stimmlein erschollen, wenn der gutmütige Nachbarsjunge unten im Gebüsche des Gartens nach ihr gesucht hatte. Ich mußte plötzlich eines Wortes gedenken, das der Großvater, so vor sich hin redend, und wie mit einem Seufzer über Unwiederbringliches, seiner damaligen Erzählung beigefügt hatte. »Sie war eigentlich schon damals eine kleine Unbarmherzige«, hatte er gesagt; »das eine Füßchen mit dem roten Saffianschühchen baumelte ganz lustig in der Luft; aber ich stand unten und mußte ihr die goldenen Stücke wieder zuwerfen, wenn sie bei ihrem Spiel zur Erde fielen, und oft sehr lange betteln, bis das Vögelchen zu mir herunterkam.«

Schon damals unbarmherzig? Es war mir niemals eingefallen, den Großvater zu fragen, inwiefern oder gegen wen sie es späterhin gewesen oder wie überhaupt das Leben seiner schönen Spielgenossin denn verlaufen sei. Freilich hätte auch wohl der Knabe keine Antwort darauf erhalten, denn als nach seinem Tode das kleine Bild noch einmal durch meine Hand ging, vertraute mein Vater mir, daß dieses schöne Mädchen nicht nur die Jugendgespielin, sondern ganz ernstlich die Jugendliebe des alten Herrn gewesen sei. Zuletzt, als junger Kaufmann, sei er in Antwerpen mit ihr zusammengetroffen, habe aber bald darauf wie es geheißen, durch ein Zerwürfnis mit ihr getrieben einen Platz in einem überseeischen Handlungshause angenommen, von wo er erst in reiferen Mannesjahren zurückgekehrt sei. Weiteres wußte auch er nicht zu berichten; nur daß die gute Großmutter, die er dann geheiratet habe, mitunter wirklich eifersüchtig auf das kleine Bild gewesen sei.

Voll Gedanken über das schöne schwarzköpfige Mädchen war ich zu Hause angelangt; immer sah ich sie vor mir, bald auf dem Rücken der Fortuna mit den goldenen Münzen spielend, bald in ihrer üppigen Mädchenschönheit, wie jenes Bild sie mir gezeigt hatte, mit dem übermütigen Füßchen den armen Großvater in die Welt hinausstoßend.

»Seltsam«, sagte ich zu meiner Frau, »woran ich als Knabe nie gedacht jetzt brenne ich vor Begierde, noch einmal den Vorhang aufzuheben, hinter dem sich jenes nun wohl längst verrauschte Leben birgt.«

»Vielleicht«, erwiderte sie, »wenn du die Ureinwohner dieser Stadt zu Protokoll vernimmst!«

»Zum Beispiel, unsere Nachbarin links!« sagte ich lächelnd.

»Warum denn nicht? Sie wird ja doch einmal deine Visite par distance erwidern.«

Wir sprachen nicht weiter von der Sache; aber im stillen dachte ich selber auch: ›Warum denn nicht?‹

Es war Winter geworden. Ein klingender Frost war eingefallen, der eisige Nordost blies durch alle Ritzen. Ich schüttete eben eine Ladung Steinkohlen in meinen Ofen und verhandelte dabei mit meiner Frau, ob wir nicht aus schierer Barmherzigkeit unsere Hühner schlachten sollten, denen wir keinen warmen Stall zu bieten hatten; da es war noch früh am Morgen trat fast ohne Anklopfen mein jetzt verstorbener Freund, der Bürgermeister, in das Zimmer. Auf meine Frage, was ihn schon jetzt aus Schlafrock und Pantoffeln herausgebracht habe, erklärte er, meine Nachbarin, die alte Madame Jansen, sei soeben besinnungslos und fast verklommen auf ihrer Bodentreppe gefunden worden. »Der alte Geizdrache«, setzte er hinzu, »heizt nur mit dem Fallholz aus dem Apfelgarten; es ist kein warmer Fleck in dem ganzen Rumpelkasten; und nachts, wenn ehrliche Leute in ihren Betten liegen, kriecht sie vom Boden bis zum Keller, um ihre Schätze zu beäugeln, die sie überall hinter Kisten und Kasten weggestaucht hat.«

»So sagt man«, ließ ich einfließen.

»Freilich, und so wird's auch sein! Wie ein toter Alraun huckte sie in dem dunklen Treppenwinkel, ein ausgebranntes Diebslaternchen noch in der erstarrten Hand. Das Schlimmste bei der Geschichte ist, sie hat das Leben wiederbekommen; aber nach Angabe des Polizeimeisters, der glaub ich ein Verwandter von ihr ist, soll der Verstand zum Teufel sein; sonderbar genug, daß der die alte Hexe nicht auf einmal ganz geholt hat!«

»Nun aber, Verehrtester«, sagte ich, als der Bürgermeister innehielt, »was können wir beide bei der Sache machen?«

»Wir? Hm, sie könnte in diesem Zustande Unheil anrichten; es wird schon der Stadt wegen unsere Pflicht erheischen, ihr causa cognita einen Kurator zu bestellen.«

»Sie meinen des Vermächtnisses wegen? Aber ich dächte, das beruhe auf einer Disposition des seligen Herrn Sievert Jansen!«

»Da liegt es gerade; die Sache ist nicht völlig außer Frage.«

So mußte ich denn in den sauren Apfel beißen, und versprach, die alte Dame noch heute zu besuchen.

Indem der Bürgermeister sich entfernte, fragte ich noch: »Was war denn der Selige für ein Mann?«

»Hm! Ich denke, ein Lebemann!« erwiderte er. »Es ist einst flott hergegangen dort; man sagt, das Ehepaar habe sich einander nichts vorzuwerfen gehabt. Ich war damals ein Junge; aber sie sah noch nicht so übel aus, als der Alte in die Grube fuhr, und es gab noch manches Gläserklingen mit jungen vornehmen Herren in dem großen Saale des Hinterflügels; aber endlich das Lustfeuerwerk ist verpufft, der schmucke Leib verdorrt; statt der Gläser läßt sie jetzt ihre Gold- und Silberstücke klingen.«

Bald darauf trat ich ohne Hindernis in das Haus und in das Zimmer der Kranken, zu welchem letzteren eine von der Stadt bestellte Wärterin mir die Tür geöffnet hatte.

Es war ein seltsamer Anblick. Auf den Stühlen, von deren Polstern die Fetzen herabhingen, lagen auf den einen verschlissene Kleider und Hüte, auf den anderen standen Töpfe und Pfannen mit kärglichen Speiseresten; an der schweren Stuckdecke und an den gardinenlosen Fenstern hing es voll von Spinngeweben. Eine seltsam tote Luft hielt mich einen Augenblick zurück, so daß ich mich nur langsam dem großen an der einen Wand stehenden Himmelbette näherte.

Als die Wärterin die bestäubten Vorhänge zurückzog, hörte ich ein Klirren wie von einem schweren Schlüsselbunde, das, wie ich nun sah, von einer kleinen dürren Hand umklammert war, und eine winzige, in einen alten Soldatenmantel eingeknöpfte Gestalt suchte sich aus den Kissen aufzurichten. Das kleine runzelige Gesicht meiner Nachbarin starrte mich aus seinen grellen Augen an. »Jag die Hexe fort!« schrie sie und schlug mit den Schlüsseln gegen die Vorhänge, daß die Wärterin erschreckt zurücksprang; dann, sich zu mir wendend, setzte sie in hohem Ton hinzu: »Sie wollten sich nach meinem Befinden erkundigen, Herr Nachbar; ich danke für Ihre Aufmerksamkeit; aber man hat mir eine Person hier aufgedrängt; es scheint, als wolle man mich überwachen!«

»Aber Sie hatten einen Unfall; Sie bedürfen ihrer!« sagte ich.

»Ich bedarf keiner bestellten Wärterin; ich kenne diese Person nicht!« erwiderte sie scharf. »Allerdings, heute nacht man hat mich berauben wollen; es tappte auf dem Hausboden, vermummte Gestalten stiegen zu den Dachluken herein; es klingelte im ganzen Hause «

»Klingelte?« unterbrach ich sie und mag dabei wohl etwas verwundert ausgesehen haben; »das pflegen doch die Räuber nicht zu tun.«

»Ich sage, es klingelte!« wiederholte sie mit Nachdruck. »Mein Herr Neffe, der Chef der hiesigen Polizei ich pflege ihn nur das Schaf der Polizei zu nennen ist zu dumm, um die Spitzbuben einzufangen! Er war höchstpersönlich hier und suchte mir einzureden, daß ich das alles nur geträumt hätte. Geträumte Spitzbuben!« Ein unaussprechlich höhnisches Kichern brach aus dem zahnlosen Munde. »Er möchte wohl, daß auch mein Testament nur so geträumt wäre!«

Der Polizeimeister hatte ein kinderreiches Haus und eine nicht zu große Einnahme. Ich dachte deshalb ein gutes Wort für die Blutsverwandtschaft einzulegen und fragte wider besseres Wissen: »Ihr Herr Neffe befindet sich also nicht unter Ihren Testamentserben?«

Die Alte fuhr mit dem Arm über die Bettdecke und öffnete und schloß die Hand, als ob sie Fliegen fange. »Unter meinen Erben? Nein, mein Lieber; mein Erbe ist der, den ich zu bestimmen beliebe; und ich habe ihn bestimmt!«

Sie begann nun mit sichtlicher Genugtuung mir den Inhalt des Testamentes auseinanderzusetzen, wie er mir im wesentlichen schon bekannt war.

»Aber jene Stiftung«, sagte ich, »soll ja an sich sehr reich dotiert sein!«

»So, meinen Sie?« erwiderte die Alte. »Aber es ist nun einmal meine Freude! Die alten Taugenichtse sollen was Besseres in ihre Fläschchen haben; bis jetzt wird es wohl nur Kartoffelfusel gewesen sein. Nach meinem Abscheiden sollen sie Jamaikarum trinken, der dreimal die Linie passiert ist.«

»Und die vielen hübschen Kinder Ihres Verwandten?«

»Ja, ja!« sagte sie grimmig. »Das vermehrt sich und will dann aus anderer Leute Beutel leben! Ich, mein Herr Stadtsekretär« sie schnarrte das Wort mit einer besonderen Schärfe heraus , »ich habe keine Kinder.«

Noch einmal strengte ich meine Wohlredenheit an: sie möge wenigstens ein Kodizill machen, um für die Aussteuer der armen Mädchen ein paar tausend Taler auszusetzen.

Aber da kam ich übel an.

»Tausend Taler!« Sie schrie es fast, und der greise Kopf zitterte auf und ab. »Keinen Schilling sollen sie haben; keinen Schilling!«

Sie legte sich erschöpft zurück, und ich betrachtete mit Grauen dies zerbrechliche Wesen, dessen Glieder nur noch in den Zuckungen des Hasses zu leben schienen. »Keinen Schilling!« wiederholte sie noch einmal.

Der kleine runde Polizeimeister war ein Mann, der als armer Familienvater stark aufs Karrieremachen aus war, der aber sonst ganz hübsch im großen Haufen mitging. »Was haben Sie gegen Ihren Herrn Neffen?« fragte ich. »Hat er Sie irgendwie beleidigt?«

»Mich? Nein, mein Lieber«, erwiderte sie. »Im Gegenteil; er machte mir sogleich die feierliche Visite, als er nur eben seine segensreiche Wirksamkeit in dieser Stadt begonnen hatte; natürlich« sie schien mit Behagen auf diesem Worte zu verweilen , »natürlich, um zu erbschleichen; aber das tut ja nichts zur Sache! Oh, ein ganz scharmanter Mann! Ich hatte vorher nicht das Vergnügen ihn zu kennen; aber das ging so glatt: ›Liebe Tante‹ hinten und ›Liebe Tante‹ vorn.« Sie streckte einen Arm unter der Decke hervor und ließ die Hand wie eine Puppe gegen sich auf und ab knicksen.

»Ich habe ihn aber nicht eingeladen«, fuhr sie fort; »ich mache kein Haus mehr, es ist zu unbequem in meinem hohen Alter.«

Es mochte ihren argwöhnischen Augen nicht entgangen sein, daß bei dieser Äußerung meine Blicke unwillkürlich die traurige Wüstenei des Zimmers überflogen hatten.

»Sie wundern sich wohl«, sagte sie, »wie es hier unten bei mir aussieht! Aber oben in der Beletage habe ich meine Prunkgemächer! Einst, mein Herr Stadtsekretär, waren sie oft genug geöffnet! Karossen mit Rappen und Isabellen hielten vor meiner Tür, und Grafen und Generalkonsuln fremder Staaten haben an meiner Tafel gesessen!«

Dann sprang sie wieder auf jenen Antrittsbesuch ihres Neffen über. »Er hatte mir auch sein ältestes Mädchen hergebracht eine Dame, sag ich Ihnen, oh, eine ganze Dame! Das müssen reiche Leute sein, der Herr Neffe und seine Demoisellen Töchter; ein Kleid mit echten Spitzen, eine römische Kamee zur Vorstecknadel! Aber sagen tat sie just nicht viel; sie war auch wohl nur da, damit ich in das schmucke Lärvchen mich verliebe! Ich!« sie lachte voll Verachtung »ich brauchte einst nicht aus der Tür zu gehen, um ganz was anderes zu erblicken! Aber das Mündchen wurde so süß, so unschuldsvoll; es tat einem leid, zu denken, daß dadurch auch die liebe Leibesnotdurft, gebratene Hühnchen und Krammetsvögelchen hineinspazieren mußten. Nicht wahr, Herr Stadtsekretarius, ein schönes Weib ist doch auch nur ein schönes Raubtier?«

Sie nickte vor sich hin, als gedächte sie mit Befriedigung einer Zeit, wo auch sie selber beides dies gewesen sei. Plötzlich aber, den Kopf zu mir wendend, mit einem Aufblitzen der Augen, als käme es aus dem Abgrund, worin ihre Jugend begraben lag, sagte sie mit einem zitternden Pathos: »Sehen Sie mich an; ich bin einst sehr schön gewesen!«

Ich erschrak fast, als ich die kleine dürre Gestalt wie durch einen Ruck sich kerzengrade in den Kissen aufrichten sah; aber schon waren die großen Augen wieder grell und kalt.

»Nicht wahr, Sie sehen das nicht mehr? denn ich bin alt, und« sie sprach das fast nur flüsternd »der Tod ist hinter mir her; des Nachts, immer nur des Nachts! Ich muß dann wandern; es ist nur gut, daß mein Haus so groß ist.«

»Sie leiden an Schlaflosigkeit«, sagte ich, »es ist das Leiden vieler alten Leute!«

Sie schüttelte den Kopf. »Nein, nein, mein Lieber; ich halte mich gewaltsam wach; merken Sie wohl gewaltsam! Ich fürchte den Hans Klapperbein auch nur im Schlaf; er hat schon manchen so erwürgt, aber ich bin nicht so dumm, er soll mich noch so bald nicht kriegen! Die Herren von der Stadt hätten freilich nichts dagegen; aber sie sollen sich in acht nehmen! Am liebsten, glaub ich, möchten sie mich gar noch unmündig machen.«

Auf einmal schien ihr etwas aufzudämmern. »Sie sind auch bei der Stadt angestellt, mein Lieber?« sagte sie und sah mich mit einem unbeschreiblich lauernden Blicke an.

»Sie wissen das«, antwortete ich; »Sie haben mich ja mehrfach mit meinem Amtstitel angeredet.«

»Ja, allerdings!« Ihr Blick hatte mich noch immer festgehalten. »Hat man Sie«, fragte sie vorsichtig, »vielleicht mit einem Auftrage zu mir geschickt?«

Ich stutzte einen Augenblick, dann aber beschloß ich, ihr die ganze Wahrheit zu sagen. »Man hatte freilich gefürchtet«, sagte ich, »daß Ihre Altersschwäche die Einleitung einer Kuratel erforderlich machen würde.«

Sie wurde sehr aufgeregt. »Schwach!« schrie sie, und es war eine dünne gläserne Stimme, die mir in die Seele schnitt. »Nein, nicht schwach; reich bin ich reich! Und plündern will man mich! Aber ich werde mein Haus vermauern lassen, und sollte ich darin verhungern!« Sie griff in die Vorhänge und suchte die Füße aus dem Bett zu stecken; sie wollte heraus, sie wollte zeigen, daß sie kräftig und gesund sei.

Die Wärterin kam herbei, ich redete ihr zu, aber wir suchten vergebens sie zu beruhigen. Dabei hatte ich meinen Stuhl verlassen, auf dem ich bisher mit dem Rücken gegen die Fenster gesessen hatte, und stand jetzt so, daß mein Gesicht in der vollen Tagesbeleuchtung der Alten gegenüber war. Plötzlich wurde sie still, sie schien sogar meinen Worten zuzuhören. Ich konnte ihr jetzt sagen, daß nach meiner Ansicht zu einer Kuratel bei ihr keine Veranlassung sei, daß aber das unnütze Aufspeichern ihrer großen Zinsenernten den Verdacht einer Unfähigkeit zur eignen Vermögensverwaltung erregen könne, und schlug ihr endlich vor, einem Mann, dem sie vertraue, dieselbe zu übertragen.

Schon während des Sprechens hatte ich gefühlt, daß ihre Augen fest auf mein Gesicht gerichtet waren, fast wie bei unserer ersten Begegnung in den beiderseitigen Gärten. »Vertrauen! Ja, vertrauen!« stieß sie ein paarmal hervor; dabei wand sie die Hände umeinander, als wenn sie einen inneren Kampf zu überstehen habe. Plötzlich griff die eine Hand nach meiner und hielt sie fest. »Sie!« sagte sie hastig. »Ja, wenn Sie es wollten!«

»Ich, Madame Jansen! Sie kennen mich ja nicht!«

Wieder sah sie mir musternd in die Augen.

»Nein«, sagte sie dann; »Sie sind ein junger Mann; aber ich weiß es, Sie werden ein armes altes Weib nicht hintergehen.«

Ob das der Zauber war, den mein heiterer Nachbar bei mir voraussetzte! Aber ich gab meine Einwilligung und machte nur zur Bedingung, daß die Überlieferung unter Zuziehung eines Notars geschehen solle; Tag und Stunde möge sie mir selbst bestimmen.

Noch immer hielt sie meine Hand, und als ich jetzt gehen wollte, schien sie sie nur zögernd loszulassen.

Beim Abschiede fragte ich sie, ob ich ihr einen Arzt besorgen dürfe, damit sie rascher wieder zu Kräften komme.

Sie blickte mich an, als suche sie in meinen Augen die Bestätigung einer Teilnahme, die sie in dem Ton meiner Worte gefühlt haben mochte; dann aber streckte sie mir lachend ihre linke Hand entgegen, in der, wie ich jetzt sah, zwei Finger steif geschlossen lagen. »Ein Meisterstück unseres berühmten Dr. Nicolovius!« sagte sie in ihrer alten bitteren Weise. »Hat er denn noch nicht, wie seine Kollegen, die Quacksalber, einen trompetenden Hanswurst vor seiner Bude stehen? Nein, nein, mein Lieber, keinen Arzt! Ich selber kenne meine Natur am besten.«

So war meine Aufgabe für heute denn beendet.


Wenigstens das rätselhafte Klingeln schien nicht nur geträumt zu sein. Eine große Schleiereule hatte sich mit einigem Rechtsgrund, wie mir schien auf den einsamen Böden einquartiert und mochte bei einer vergeblichen Mausjagd die Klingeldrähte gestreift haben, die durch das ganze Haus und auch dorthinauf liefen. Die alte Dame selbst war schon am zweiten Tage wieder aufgestanden, ja, sie hatte sich sogar mit Hülfe der Wärterin aus der Stange ihres Obstpflückers und einem

Tonnenbande einen Ketscher angefertigt und solcherweise den keine Miete zahlenden Vogel wie einen Nachtschmetterling ebenso eifrig als vergeblich über alle Böden hin verfolgt.

Ich erfuhr dies alles, als ich eines Vormittags zu dem verabredeten Geschäfte mit einem befreundeten Notar wieder in das Haus trat. Wir wurden in den dritten Stock hinaufgeführt; hier öffnete die Wärterin eine Tür, an der von einer eisernen Krampe ein schweres Vorlegeschloß herabhing.

Es war eine mäßig große düstere Kammer; in deren Mitte stand die alte Madame Jansen vor einem Tische und sortierte emsig allerlei Päckchen, wie sich nachher ergab, mit den verschiedensten Wertpapieren; rings herum an den Wänden, so daß nur wenig Platz neben dem Tische blieb, standen eine Menge straff gefüllter Geldbeutel, von denen die meisten aus den Resten alter, sogar seidener Frauenkleider angefertigt schienen.

So gesprächig die Alte bei meinem ersten Besuche gewesen war, so wortkarg war sie heute; mit zitternden Händen setzte sie einen Beutel nach dem anderen vor uns hin, mit stummen fast schmerzlichen Blicken verfolgte sie das Zählen des Geldes, das Versiegeln der Beutel, das Numerieren der Etiketten. Obwohl die einzelnen Münzsorten sorgsam voneinander gesondert waren, so dauerte die Aufnahme der Wertpapiere und des Barbestandes doch bis in den Abend hinein; zuletzt arbeiteten wir bei dem Lichte einer Talgkerze, die in einem dreiarmigen Silberleuchter brannte.

Endlich wurde der letzte Beutel ausgeschüttet. Er enthielt jene schon derzeit seltenen Vierschillingstücke mit dem Perückenkopfe Christians des Vierten, welche in dem Rufe eines besonders feinen Silbergehaltes standen. Als auch der beseitigt war, fragte ich, ob das nun alles, ob nichts mehr zurück sei.

Die Alte blickte unruhig zu mir auf. »Ist das nicht genug, mein Lieber?«

»Ich meinte nur, weil sich gar keine Goldmünzen unter dem Barbestande finden.«

»Gold? In Gold bezahlen mich die Leute nicht.«

Somit wurde das Protokoll abgeschlossen, und, nachdem die Alte in zwar unsicherer, aber immer noch zierlicher Schrift ihr »Botilla Jansen« daruntergesetzt hatte, war das Geschäft beendet; die Wertpapiere wurden in eine Kiste gelegt, deren Schlüssel ich an mich nahm; diese selbst und die Barbestände sollten am anderen Tage in mein Haus geschafft werden.

Als ich mit dem Notar auf die Straße hinausgetreten war, bemerkte ich, daß mir ein silberner Bleistifthalter fehle, den ich bei dem Notieren der Geldsummen benutzt hatte. Ich kehrte sofort um und lief rasch die Treppen wieder hinauf; aber ich prallte fast zurück, als ich nach flüchtigem Anklopfen die Tür der Kammer öffnete. Im Schein der Unschlittkerze sah ich die Alte noch immer an dem Tische stehen; ihre eine Hand hielt einen leeren Beutel von rotem Seidendamast, die andere wühlte in einem Haufen Gold, der vor ihr aufgeschüttet lag.

Sie stieß einen Schreckensruf aus, als sie mich erblickte, und streckte beide Hände über den funkelnden Haufen; gleich darauf aber erhob sie sie bittend gegen mich und rief: »Oh, lassen Sie mir das! Es ist meine einzigste Freude; ich habe ja sonst gar keine Freuden mehr!« Eine scharfe zitternde Stimme war es und doch der Ton eines Kinderflehens, was aus der alten Brust hervorbrach.

Dann griff sie nach meiner Hand, riß mich an die Tür und zeigte in das dunkle gähnende Treppenhaus hinab. »Es ist alles leer!« sagte sie; »alles! Oder glauben Sie, mein Lieber, daß die Tochter aus Elysium hier diese Stufen noch hinaufmarschiert? Nur das Gold nehmen Sie mir es nicht ich bin sonst ganz allein in all den langen Nächten!«

Ich beruhigte sie. Ich hatte kein Recht, zu nehmen, was sie mir nicht gab; und übrigens das Spielwerk war zwar kostbar, aber weshalb sollte die reiche Frau es sich denn nicht erlauben! Rasch nur noch meinen Bleistift, und dann fort aus dieser erdrückenden Umgebung, in die ich den ganzen Tag hineingebannt gewesen war.

Als ich im Vorbeigehen einen Blick auf die blinkenden Goldhaufen warf, bemerkte ich, daß auch Schaustücke und fremde, namentlich mexikanische und portugiesische Goldmünzen darunter waren. Das erinnerte mich an die Spielgesellin meines Großvaters; der reizende Mädchenkopf, der schon mein Knabenherz erglühen machte, tauchte plötzlich mit all dem erlösenden Zauber der Schönheit vor mir auf, und einen Augenblick dachte ich daran, jetzt meine Erkundigungen nach ihr anzustellen; aber die arme Greisin mir gegenüber befand sich in so fieberhafter Aufregung, daß ich nicht dazu gelangen konnte. Ich verschob es auf gelegenere Zeit und eilte, daß ich in die frische Winternacht hinauskam.

Es war inzwischen Frühling geworden; die Buchenwälder um die schönen Ufer unserer Meeresbucht lagen im lichtesten Maiengrün. Zwischen uns und der Familie des Polizeimeisters hatten sich gewisse Beziehungen ergeben; besonders hatte sich dessen älteste Tochter meiner Frau in jugendlicher Freundschaft angeschlossen. Das frische Mädchen mit den weitblickenden Augen gefiel uns beiden wohl; mir niemals besser als an einem Sonntagmorgen, da wir mit einer größeren Gesellschaft auf einem Dampfschiffe über die blaue Förde hinfuhren.

An der Schanzkleidung standen junge Damen mit ebenso jungen Offizieren in einer jener wohlgezirkelten Unterhaltungen, die meistens harmlos genug, mitunter aber auch um desto übler sind, je mehr die jungen Köpfe nur die gedankenlosen Träger der Armseligkeiten zu sein pflegen, die darin zutage kommen. Der Gegenstand mußte diesmal sehr anregend sein; die Gesichter der hübschen Frauenzimmer strahlten vor Entzücken.

Unsere junge Freundin sie trug den etwas ungewöhnlichen Namen »Mechtild« war nicht darunter; sie stand unweit davon, die Hände auf dem Rücken, an dem Schiffsmast, und wiegte wie im Vollbehagen ihrer Jugendkraft den schlanken Oberkörper auf und ab, wie die Wellen das Schiff, von welchem sie getragen wurde. Die Stattlichkeit dieser Mädchengestalt war mir noch niemals so in die Augen gefallen, wie hier unter dem blauen Frühlingshimmel, wo der Seewind ihr in Haar und Kleidern wühlte, und ihre blauen Augen in die Ferne nach den waldbekränzten Ufern schweiften.

Drüben unter der jungen Gruppe war das Gespräch indessen lauter geworden; eine Majorstochter erzählte eben, Mama wolle noch eine große Tanzgesellschaft geben; einige Kaufmannstöchter würden dann natürlich auch mit eingeladen, aber das mache ja gar nichts! O nein, das mache ja nichts, so in größerem Zirkel! Die jungen Damen hatten alle nichts dagegen. Die jungen Herren vom Degen und ein junger auf Besuch anwesender Gesandtschaftsattaché meinten auch, das gehe ja ganz vortrefflich! So zum Tanzen, und was freilich nicht gesagt wurde zum Heiraten, wenn sie reich seien; warum denn nicht!

Mechtild hatte den Kopf gewandt und schien aufmerksam zu lauschen. Ein überlegenes Lächeln spielte mehr und mehr um ihren schönen aber keineswegs kleinen Mund; und jetzt mit allem Übermut der Jugend brach es hervor. Es war ein köstlicher Brustton dieses Lachen; die jungen Damen drüben verstummten plötzlich wie erschrocken.

Dann rief eine zu ihr hinüber: »Was hast du, Mechtild? Warum lachst du so?«

»Ich freu mich über euch!«

»Über uns? Weshalb, was hast du wieder?«

»Daß ihr so allerliebste Wachspuppen seid!«

»Was soll denn das nun wieder heißen?«

»Oh, ich meine nur! Und das so hier, unter des lieben Gottes offenem Angesicht.«

»Ach was! Komm her und sei nicht immer so apart!«

Aber sie kam doch nicht; ein wilder Schwan mit blendend weißen Schwingen flog, rasch unser Fahrzeug überholend, in der hohen Luft dahin; dem folgten ihre Augen. Ich betrachtete sie: sie sah gar nicht aus wie die Tochter eines Karriere machenden Vaters; ja, ich schämte mich aufrichtig, mich so kleinlich um eine Aussteuer für sie mit dem alten Alraun umhergezankt zu haben.

Dennoch reizte es mich; ich trat zu ihr und fragte: »Mechtild, möchten Sie wohl eine Erbschaft machen?«

Sie sah mich groß an. »Eine Erbschaft? Ach, das möcht ich wohl!« Sie sagte das fast traurig, als ob eine Hoffnung daran hinge.

Die Stadt, von der wir uns mehr und mehr entfernten, war in der klaren Luft noch deutlich sichtbar. »Sehen Sie zwischen den kleineren Häusern das hohe graue Gebäude?« fragte ich. »Dort lebt eine alte Frau; die weiß, auch heute, nichts von Licht und Sonnenschein!«

»Ja, ich sehe das Haus; wer wohnt darin?«

»Eine Tante von Ihnen oder Ihrem Vater.«

»O die! Das ist nicht meine Tante; meine Großmutter war nur Geschwisterkind mit ihr; wir sind auch einmal dort gewesen.« Sie schüttelte sich ein wenig. »Nein, die möcht ich nicht beerben.«

»Aber sonst?« sagte ich und sah ihr forschend in die Augen.

»Sonst? Ach ja!« Und die helle Lohe schlug dem schönen Mädchen ins Gesicht, daß ihre Augen dunkel wurden.

»Vertrauen wir den reinen Sternen, Mechtild!« sagte ich und drückte ihr die Hand. Ich hatte wohl gehört, daß sie einem jungen Offizier ihre Neigung geschenkt habe, daß aber die Armut beider einer näheren Verbindung im Wege stehe; jetzt wußte ich es denn.


»Mamas« große Tanzgesellschaft hatte richtig stattgefunden und unter anderem die praktische Folge gehabt, daß einer der Offiziere, der sogenannte »blaue Graf« ich weiß nicht, ob so genannt wegen seines besonders blauen Blutes oder weshalb sonst , sich kurz danach mit einer der zu dieser Festlichkeit befohlenen reichen Kaufmannstöchter verlobt hatte. Die ganze Stadt, namentlich die junge Damenwelt, besprach den Fall auf das gewissenhafteste.

Aber die Folgen von »Mamas Tanzgesellschaft« sollten sich noch weiter fortsetzen. Eines Morgens kam die bewußte Brotfrau, vermutlich die Hauptvermittlerin zwischen meiner verehrlichen Mandantin und der Außenwelt, und brachte mir eine Empfehlung von der Madame Jansen, ich möchte doch nicht unterlassen noch heute bei ihr vorzusprechen.

Kurz danach trat ich in das bewußte Zimmer; das Haus hatte ich offen gefunden, obgleich die Wärterin schon seit lange von ihr entlassen war. Ich traf meine alte Freundin unruhig mit einem Krückstock auf und ab wandernd, trotz des heißen Junitages in ihren grauen Soldatenmantel eingeknöpft; dabei hatte sie eine schwarze Tüllhaube auf dem Kopfe, worin eine dunkelrote Rose nickte; die falschen Locken waren auch schon vorgebunden.

»Ich habe Wichtiges mit Ihnen zu besprechen«, hub sie in ihrer feierlichen Weise an. »Man hat mir gesagt, daß eine reiche Kaufherrntochter dieser Stadt einen Grafen heiraten wird. Ich sehe nicht ein, warum meine Erbin nicht auch eine Grafenkrone tragen sollte.«

»Aber ich dachte«, wagte ich zu bemerken, »die Spitalleute vor dem Nordertore «

»Mein Herr Stadtsekretär«, fiel sie mir ins Wort, »wenn Sie gleich mein Mandatar sind ich habe volle Gewalt, mein Testament zu ändern.«

Ich bestätigte das nach Kräften. Die kleine Greisin schien in großer Aufregung; sie mußte oftmals innehalten beim Sprechen. »Es soll hier ja noch so ein hungriger Graf herumlaufen«, begann sie wieder; »dem könnte auch geholfen werden! Meine Nichte « «

»Sie meinen die älteste Tochter des Polizeimeisters!«

»Freilich, die Tochter des Chefdirektors der hiesigen Polizei. Sie ist eine ganz andere Schönheit als die semmelblonde Grafenbraut von heute; sie erinnerte mich bei dem kurzen Besuche, wo ich das Vergnügen hatte sie zu sehen, sogar an meine eigene Jugend; die junge Dame scheint eine vorzügliche Bildung genossen zu haben; ich werde ihr ein fürstliches Vermögen hinterlassen.«

Ich war sehr erstaunt; aber ich hielt mich vorsichtig zurück und beschloß der Kugel ihren Lauf zu lassen; die Mechtild sollte schon stillhalten, wenn ihr die Hunderttausende in den Schoß fielen, und der Graf diese Luftspiegelung würde wohl von selbst verschwinden.

Während solcher Gedanken ersuchte mich die Alte, auf morgen alles Nötige zur Errichtung eines neuen Testamentes vorzubereiten. »Denn es hat Eile«, setzte sie hinzu. »Meine Nichte könnte bei ihrer Schönheit sonst gar leicht eine Verbindung unter ihrem jetzigen Stande eingehen. Schon in nächster Woche werde ich meine Prunkgemächer öffnen: ich werde den Herrn Grafen einladen und ihm meine Erbin vorstellen; mein Neffe, der Herr Chefdirektor, wird es übernehmen, die Honneurs zu machen! Aber jetzt, mein Lieber, begleiten Sie mich nach oben; wir wollen doch ein wenig revidieren!«

Bei diesen Worten hatte sie das große Schlüsselbund unter dem Kopfkissen ihres Bettes hervorgeholt; dann steckte sie ohne weiteres ihre kleine Knochenhand unter meinen Arm, und so krochen wir miteinander die breiten Treppen zu dem oberen Stockwerk hinauf.

Es war ein großer nach hinten zu belegener Saal, den wir jetzt betraten, nachdem der Schlüssel sich kreischend und nur mit meiner Hülfe im Schloß herumgedreht hatte; die Wände mit einer verblichenen gelben Tapete bekleidet, in deren Muster sich kannelierte Säulen zu der mit Rosen verzierten Stuckdecke hinaufstreckten; die Möbeln alle in den graden Linien der Napoleonszeit, in den Aufsätzen der Spiegel jene Glasmalereien mit auffahrenden Auroras oder einem speerwerfenden Achilleus. Auf den Fensterbänken lagerte dicker Staub und eine Schar von toten Nachtschmetterlingen.

Die Alte erhob ihren Stock und zeigte nach den beiden Kronleuchtern von geschliffenem Glase und nach den Fenstern auf die verschossenen Seidengardinen, die vorzeiten gewiß im leuchtendsten Rot geprangt hatten; dann ließ sie meinen Arm los und begab sich an eine Untersuchung der mit Schutzdecken versehenen Stuhlpolster.

Mich hatte indes ein anderer Gegenstand gefesselt. An der Wand den Fenstern gegenüber hingen, je über einem Sofa, zwei lebensgroße gut gemalte Brustbilder. Das eine zeigte einen schon älteren, etwas korpulenten Mann mit fleischigen Wangen und kleinen genußsüchtigen Augen. Das andere war das Bild eines bacchantisch schönen Weibes; eine weiße Tunika umschloß die volle Brust, durch das dunkle kurzverschnittene Haar, von dem nur eine Locke sich über der weißen Stirn kräuselte, zog sich ein kirschrotes Band mit leichter Schleife an der einen Seite; darunter blitzten ein Paar Augen von unersättlicher Lebenslust.

Fast wie ein Schrecken hatte es mich befallen, als ich dieses Bild erblickte; denn ich kannte es seit lange ganz genau. Es konnte kein Zweifel sein, dies war das Original jenes kleinen Porträts aus der Stube meines Großvaters; es war Zug für Zug dasselbe, nur mit allen Vorzügen eines lebensgroßen und in unmittelbarer Gegenwart gemalten Bildes. Ein bestrickender Sinnenzauber ging von dem jugendlichen Antlitz aus, das hier in wahrhaft funkelnder Schönheit auf mich herabsah. Tausend Gedanken kreuzten sich in meinem Hirn, ich hatte fast vergessen, wo ich mich befand.

Da rührte der Krückstock der Alten an meinen Arm; sie mußte leise herangeschlichen sein und stand jetzt schmunzelnd neben mir. »Es soll den höchsten Grad der Ähnlichkeit besessen haben«, sagte sie pathetisch, mit ihrer Krücke nach dem schönen Weiberkopfe deutend, »nur wurde derzeit die Meinung ausgesprochen, daß die Frische meiner Farben und der Glanz meiner Augen doch nicht ganz erreicht seien.«

»Es ist Ihr Porträt?« fragte ich.

»Wessen sollte es denn sonst sein? Der berühmte Hamburger Gröger hat mich derzeit als Braut gemalt; mein Gemahl zahlte ihm später sechshundert Dukaten für die beiden Bilder.«

Es war freilich eine müßige Frage, die ich getan hatte; aber ich war im Innersten verwirrt; seltsame Gedanken umschwirrten mich: als hätte ich möglicherweise nicht ich selber, als hätte ich der Enkel jener schönen Bacchantin sein können: die Welt der Erscheinungen fing mir an zu schwanken; die Alte an meiner Seite flößte mir fast Grauen ein.

Aber ich wollte noch größere Gewißheit haben. »Waren Sie je in Antwerpen?« fragte ich.

»In Antwerpen!« Sie schien das Unvermittelte meiner Frage nicht zu fühlen; die alten Augen wurden noch greller als zuvor; mit beiden Händen auf der Krücke und vor Erregung mit dem Kopfe zitternd, stand sie vor mir. »Ob ich in Antwerpen gewesen bin? In der höchsten Blüte meiner Schönheit! Mein Vater führte eins der größten Kauffahrteischiffe dieser Handelsstadt; er nahm mich mit dahin; sechs Wochen lang verweilten wir dort im Hafen. Ob ich in Antwerpen gewesen bin!«

Die Alte begann an ihrem Stabe in dem öden Saale auf und ab zu wandern, immer eifriger dabei erzählend: »Es war derzeit ein außerordentliches Leben dort; eine russische Flottille lag auf der Reede, die Offiziere gaben Bälle auf den breiten Orlogschiffen; und gar bald hatten sie denn auch entdeckt, daß am Bord meines Vaters sich eine Schönheit ersten Ranges befinde, wie sie dieselbe unter den niederländischen Juffrouwen auch mit der schärfsten Brille nicht hätten entdecken können. Bald war ich zu allen Bällen eingeladen ich war die Königin des Festes!«

Sie stieß heftig mit ihrem Stock auf den Fußboden, daß die Glasbehänge der Kronleuchter aneinanderklirrten. »In einem mit farbigen Wimpeln und Bändern geschmückten Boote wurde ich von meines Vaters Schiff geholt! Unter den russischen Offizieren war ein griechischer Prinz; Konstantin Paläologus hieß er, der letzte Sprosse der alten byzantinischen Kaiserfamilie; er ließ es sich nicht nehmen, mich selbst auf seinen Armen von Bord zu heben und mich sanft auf den seidenen Polstersitz des Bootes niederzulassen. Nur in französischer Sprache konnten wir uns unterhalten: ›Rose du Nord!‹ sagte er, indem er schmachtend zu mir aufblickte, und breitete mit eigenen Händen einen kostbaren Teppich unter meine Füße. O mein Herr Stadtsekretär!« sie schnarrte das Wort noch schärfer heraus als sonst »wie damals das Meer und meine schwarzen Augen glänzten! Sie lagen alle zu meinen Füßen; alle! Der Prinz, die Offiziere, die Söhne der großen deutschen Handelshäuser, welche damals auf den Kontoren dort ihre Ausbildung erhielten, und von denen die vornehmsten auch zu diesen Bällen eingeladen wurden. Ich habe sie alle fortgestoßen, alle! Und das freut mich noch!«

Sie focht mit dem Stocke durch die Luft, daß der Soldatenmantel von ihrer Schulter glitt, und sie nun in ihrer ganzen dürren Winzigkeit vor mir stand. In dem langen Spiegel drüben, wie in der Ferne, sah ich noch einmal eine solche Gestalt und mich an ihrer Seite stehen; noch einen zweiten Saal mit dem verblichenen Säulenmuster, den steifen Sofas und mit den großen Glaskronen, deren Kristallbehänge vergebens unter dem Staube zu glitzern suchten, womit still, aber emsig die Zeit sie überzogen hatte. Mir war, als befinde ich mich in einer gespenstischen Welt, deren Wirklichkeit seit lange schon versunken sei.

Als ich den Mantel aufgehoben und ihn der Alten wieder unter dem Kinn zugeknöpft hatte, sah sie mich lange schweigend an. Die runzeligen Wangen waren gerötet; aber dennoch sah sie erschreckend verfallen aus; und jetzt sagte sie mit einer so milden Stimme, daß ich sie dieser Menschenmumie nicht zugetraut hätte: »Wissen Sie, mein Lieber, warum ich Ihnen mein Vertrauen schenkte? Gleich, da ich Sie sah Ihnen allein von allen Menschen? Sie haben eine Ähnlichkeit«, fuhr sie fort, als sie keine Antwort von mir erhielt, »eine Ähnlichkeit! Unter den jungen deutschen Kaufleuten war einer; ich kannte ihn seit lange! Junger Mann, haben Sie es schon erlebt, daß ein Menschenkind mit sehenden Augen sein bestes Glück mit Füßen von sich stieß? War er nicht schön? Ja, er war schön wie ein Johannes! War er nicht reich? Freilich, der da hatte mehr!« Und sie wies mit dem Stabe auf das Seitenstück ihres Jugendbildes.

»Es ist das Bild Ihres seligen Mannes?« fragte ich dazwischen.

»Selig?« Sie lachte grimmig in sich hinein; dann fuhr sie in ihrem Frage-und-Antwort-spiele fort: »Und war er nicht auch gut?« Sie lachte wieder. »Ja, ja, er war auch gut; aber da lag es! Ich glaube, ich konnte es nicht leiden, daß er gar so gut war! Und er hat mich geliebt, der arme Narr; ich weiß, er ließ sich heimlich eine Kopie von meinem Bilde machen und ging dann in die weite Welt. Vorbei, längst vorbei!« murmelte sie leise in sich hinein und begann wieder auf und ab zu wandern.

Plötzlich blieb sie stehen. »Wenn ich wüßte, ob er noch am Leben sei oder seine Kinder oder seine Enkel!« Sie ließ den Krückstock fallen und faltete wie betend ihre Hände; ich sah, wie die ganze Gestalt der kleinen Greisin bebte.

Ein namenloses Mitleid befiel mich, und schon öffnete ich die Lippen, um ihr zuzurufen: ich bringe dir den Gruß deiner Jugendliebe, ich bin seines Blutes, du sollst nicht sterben in der Verlassenheit des Hasses!

Da setzte sie hinzu: »Wenn ich es wüßte, ich würde auch das schöne Lärvchen laufen lassen! Sie, keine anderen sollten meine Erben sein!«

Das verschloß mir den Mund.

Sie nannte mir den Familiennamen meines Großvaters.

»Ich habe ihn nie gehört«, sagte ich.

Die Greisin seufzte. Sie sah sich noch einmal in dem Saale um. »Es ist alles vorzüglich wohl erhalten!« sprach sie dann wieder in ihrer alten hochtrabenden Weise; »machen wir das Testament in Ordnung! Aber, mein Lieber, keine fremden Leute mir ins Haus! Der Mann der alten Brotfrau und ihr Enkelsohn können Zeugen sein; die sind dumm genug dazu!«

Sie nahm den Krückstock, den ich ihr aufgehoben hatte, und hing sich wieder an meinen Arm; aber sie umklammerte mich jetzt, als fürchte sie zu fallen, und da ich zu ihr hinabblickte, starrte eine wahre Totenmaske mir entgegen; die einstmals schöne Nase stand scharf und hippokratisch zwischen den großen grellen Augen.

Ich erschrak und suchte sie nochmals zu bewegen, sich einem Arzte anzuvertrauen; aber sie schüttelte nur den Kopf, obgleich ihre Kinnbacken wie im Fieber aneinanderschlugen. »Die Ähnlichkeit!« hörte ich sie nochmals vor sich hin murmeln; »oh, die Ähnlichkeit!«

Sie war so schwach, daß ich sie die Treppe fast hinuntertragen mußte; dennoch, als wir unten angelangt waren, schleppte sie sich an die Haustür, und ich hörte, wie sie hinter mir die Kette einhakte.

Beim Austritt aus dem Hause sah ich unsere junge Freundin Mechtild die Straße herabkommen. Schon verspürte ich eine Neigung, ihr wo möglich zu entweichen denn ich schämte mich etwas meines Jesuitismus zu ihren Gunsten , als ich in ihrer heiteren Weise von ihr angerufen wurde.

»Nun, Herr Stadtsekretär? Sie kommen aus dem Hause meiner Tante?«

»Freilich«, erwiderte ich, »die, wie Sie sagen, nicht Ihre Tante ist.«

»Was hatten Sie dort zu tun? Am Ende sind Sie es, der mir die große Erbschaft wegfischt!«

»Gewiß! Warten Sie nur noch ein paar Tage, da werden sich große Dinge offenbaren.«

»Und Sie glauben wohl, ich werde Ihnen jetzt eine Szene weiblicher Neugierde zum besten geben! Sie irren sich, Herr Stadtsekretär! Aber« und sie zeigte mit ihrem Sonnenschirm nach dem finsteren Hause »wenn Sie dort Gewalt haben, reißen Sie doch einmal alle Fenster auf. Die arme alte Frau das wird ihr wohltun, wenn diese Frühlingsluft das Haus durchweht!«

Sie nickte mir zu und ging die Straße hinab.

Ich sah ihr lange nach und dachte: ›Komm du nur selbst hinein! Dir wird auf die Länge auch jenes arme alte Herz nicht widerstehen; du selber bist der rechte Frühlings schein!‹

›Das Testament! Die Alte sagt, es habe Eile!‹ Mit diesem Gedanken war ich am anderen Morgen schon früh an meinem Schreibtisch, um einen möglichst vollständigen Entwurf desselben auszuarbeiten.

Während ich damit beschäftigt war, brachte meine Frau mir den Kaffee, den ich mir heute nicht Zeit ließ im Familienzimmer einzunehmen.

»Du«, sagte sie, »es soll die Nacht wieder recht unruhig gewesen sein im Hause links.«

»Schön!« erwiderte ich. »Nächstens soll es darin auch bei Tage unruhig werden!«

»Nein, ohne Scherz! Die Mägde ihre Kammer liegt ja nach jener Seite hin , sie haben es klirren hören, als wenn ein schwerer Geldsack auf den Boden fiele.«

»Torheit!« sagte ich und schrieb, ohne aufzusehen, weiter; »die Alte hat gar keinen Geldsack mehr im Hause, nur einen Haufen goldener Spielmarken.«

Da klopfte es.

Auf mein »Herein« reckte sich ein alter Weiberkopf ins Zimmer. »Keine Menschenmöglichkeit, bei der Madame Jansen reinzukommen!« sagte die Brotfrau, die jetzt völlig zu uns eintrat. »Schon Glock sechsen hab ich mit dem Klopfer aufgeschlagen, daß die Nachbarsleute vor die Türen kamen; es muß absolut was passiert sein, Herr Stadtsekretär!«

Das machte mich doch von meinem Tische aufspringen; denn das Klopfen hatte ich freilich auch gehört.

Als wir auf die Straße kamen, war schon ein benachbarter Schlosser mit seinem Werkzeug angelangt. Ich hieß ihn die Haustür öffnen und, als das geschehen war, die innen vorgelegte Kette durchfeilen. Dann traten wir in das untere Zimmer.

Es sah noch wüster als gewöhnlich aus. Schränke und Kommoden waren von den Wänden abgerückt, das Bettzeug bis auf die unterste

Strohmatratze ausgepackt; sogar der große Spiegel, wie beim Auflüpfen verschoben, hing fast quer vor den beiden Fenstern; es mußte hier allerdings recht unruhig zugegangen sein.

Aber noch mehr des nächtlichen Spukes bestätigte sich: der Fußboden war mit blanken Speziestalern wie besäet; in der Mitte desselben lag der alte Soldatenmantel; ein offener, aber noch halb gefüllter Geldsack ragte daraus hervor, augenscheinlich das Füllhorn, dem diese blinkenden Schätze entrollt waren.

Eine Weile standen wir, ohne eine Hand zu rühren; dann bückte sich der Schlosser und hob den Mantel auf. Ein kleiner zusammengekrümmter Leichnam lag darunter, die Leiche meiner Nachbarin Madame Sievert Jansen. Das schöne übermütige Kind, das einst das Knabenherz des Großvaters mit so unvergänglicher Leidenschaft erfüllt hatte, das lebensprühende Frauenbild, dessen Scheingestalt noch jetzt von der Wand des öden Saales herabblickte was hier zu meinen Füßen lag, es war der Rest davon.


Was soll ich weiter erzählen! Eine förmliche Haussuchung, die nach dem Begräbnis der alten Dame abgehalten wurde, ergab, daß überall, im Keller wie auf den Böden, hinter Dachsparren und Paneelen, noch mancher Jahrgang ihrer Zinsenernten versteckt lag; nur der rotseidene Beutel mit den fremden Goldmünzen ist niemals aufgefunden worden.

Das neue Testament war nicht zustande gekommen; und so ist das bedeutende, wenn auch nicht fürstliche Vermögen, wie vorher bestimmt war, mit drei Vierteln an das Land- und Seespital gefallen. Ob die blaunasigen alten Burschen jetzt alten Jamaikarum in ihren Flötenvögeln haben, bin ich nicht in die Lage gekommen, zu untersuchen; nur weiß ich, daß sie jetzt in doppelten Reihen auf den Bänken sitzen und ihren Vogel nach wie vor recht fleißig aus der Tasche holen.

Und Mechtild? Sie hat dennoch ihren Leutnant geehelicht, der jetzt sogar ein Oberstleutnant ist. Da sie bald nach ihrer Verheiratung unsere Stadt verließ, so vermag ich Näheres über sie nicht zu berichten; hoffen wir indes, daß sie auch in ihrem späteren Alter ein wenig höher geblieben ist als das um sie herum. Mitunter ist ja doch dergleichen vorgekommen.

In dem alten Hause spukt es selbstverständlich, zumal wenn sich die Todesnacht der armen Greisin jährt; dann hört man sie auf Trepp' und Gängen stöhnen, als jammere sie über die vergrabenen Schätze ihrer Jugend.

Und daß es noch dergleichen in der Welt gibt« so schloß mein Freund seine Erzählung, indem er sich statt der längst in Rauch aufgegangenen eine neue Zigarre anzündete , »das und den Dampf einer guten Importierten, beides finde ich unter Umständen außerordentlich tröstlich.«